且聽

曹介直　著

商籟風華調適標
——曹介直詩集《且聽》序

楊昌年

《且聽》百首詩全都統攝於「XX說」的形式，可能擔心內容發揮或將受到拘限，其實不然，一如「十四行詩」（sonnet 商籟體）即以其長短適中的規格廣被樂用。《且聽》不是「道聽塗說」，而是「自說自話」。既然文學的效應在提昇人性調適人生，詩集百首的價值即在以物象，感懷提供調適標的。而我的析評，遂以「商籟風華調適標」為名。

一、族群一目

我將一百首依內容分為三目：一是「族群」：包括詩人自況、親屬、友人之有關。二是「物象引申」是為詩人的抒發中心，為數最多。三是「人事」，包括不屬前二類的篇章。「族群」一目例如〈影子說〉：聯想到魯迅〈影子的告別〉人與影子的對話，影向人示意祛除孤獨、亦是孤獨者的自我釋懷。〈老兵說〉以好刀自許「始終沒用過」的無奈，分明是自況。〈泥馬說〉是詩人六十歲生日感懷的崔護重來，大有「馬齒徒增」之歎。人生如夢空觀沉重。想是用了「泥馬渡康王」傳說，果如此，是否還應有為立功的泥馬一吐悶氣，埋怨宋高宗「只把杭州做汴州」的窩囊？〈捐心者說〉自說自話，有百廢皆休之歎，亦有此心未盡之我。〈老芋仔說〉自況，亂世飄零者的自白。〈流浪者說〉同前，有家而歸未得的自況。〈妻說〉一首述希能與君同夢。配偶比父母、子女更重要，因為共偕一生中時間最長。我知道介直嫂的賢良，她很了解介直，說他興趣廣泛且能深入有成，信然。〈妻又說〉是情愛的獨佔性，原是人情之常。〈同學會乾杯說〉「怒潮澎湃」的軍校精神，杯中再現。〈雞同鴨講說〉中「獄」非「牛」非「遠牛」，語音隔閡之難免。〈演化論說〉喻人生之利弊相參「放下」不易，必要考慮「結果」。〈無題說〉是自我的對白，人不是書，不能重新來過，「知道」有時竟還不如「不知」。〈緬思說〉時代比較，陶淵明還可以歸去來，我輩竟然是無家可歸。〈故園瑣憶說〉是全集最長，也是最末的一首，敘宗族溯源，人事鮮活，如今惟餘寂寥，極其可感。

二、物象引申

〈風箏〉喻意人生，「線夠長」能延伸恣放；「能放手」尤為深切，放手一搏，是大有決斷，能做到的人畢竟不多。〈果實說〉有自許、反批判，豪氣充具，但也不免有點「狂」。〈老屋說〉夕照蒼茫之歎，猶有「春」的嚮往。〈燈泡說〉同前的慨歎，「已經盡力」的無憾。〈蓮霧說〉喻意「半瓶醋」搖起來會響，滿瓶充實，就不必自誇了。〈螢火蟲說〉喻人世稀有久長（甚至沒有），海枯石爛的誓言，只是短暫的自欺。〈螢火蟲又說〉借燈喻人「知足」警示。〈落葉說〉以葉喻人，時不我與先天之憾。〈露珠說〉朝霧人生苦短，還能有再起的可能嗎？〈門說〉警意「只要走出去，整個外面也是你的」廣闊人生，有待親歷。〈蝴蝶說〉毛蟲都能蛻化成蝶，人生何可沒有改進。〈樹說〉甘受刀斧凌遲但求能為世用，人生總得要「有點什麼」。〈洪鐘說〉鏗然一杵的自豪，同時仍難免無人推動的孤寂。〈枯樹說〉歲月催人何況碌碌，縱有紅巾翠袖，也難搵淚。〈鯉魚說〉新時代志工愈盛，價值可許。〈魚說〉「吞不下這假」，何必做假？〈路說〉路是人走出來的，人人都應有自己的路。〈蜘蛛說〉人生常有「自投羅網」的活該，哪能怪別人？〈白鷺鷥說〉悄然獨立，堅持我「白」的自許。〈風箏又說〉只在人的童年輝耀，何其短暫！

〈蚯蚓說〉借蚯蚓批判人類的見利忘義，諷人之不知見因思果。〈鏡子說〉緣起緣滅，顯示空觀沉重。〈船說〉「有翅就該飛揚」壯哉斯志斯言！〈野風說〉「未經風搖的，亦未紅過百日」，喻意生存之短暫，空寥可嘆。〈秋蟲說〉秋蟲及時而鳴，喚起寂寞幾許。〈蜉蝣說〉人生似長又短，若無價值，即是浪費。〈雲說〉不由自主的人生常受他力左右。〈風說〉風的自訴委屈，亦是人的不由我自主。〈籠鳥說〉籠外天空之廣大可容使展，有翅而未用是為無奈。〈寶刀說〉英豪自白、自許，但不甘聽人擺佈。〈寶刀又說〉歷史是英雄的紀錄，如無英雄，歷史成空。〈風車說〉有自知之明，不爭功，骨架要硬得起來，做自己。〈水說〉豪氣萬千，才力足能使人順應。〈卵石說〉卵石不如溪流之多采，碌碌一生之歎。〈曇花說〉雖然美得短暫，但有過總勝過沒有。〈楓葉說〉為楓葉之「紅」宣揚，差可與烈士之鮮血比擬。〈蟬說〉似有為不甘而鳴，蟄伏經年後的長鳴，總為一己的永恆。〈咖啡說〉苦是本質，可教人「廉」。〈浪花說〉動態人生之喻，不進則退，何可蹉跎！〈蠟燭說〉個人的力量有限，好在還有同志繼起。〈鐵銹說〉剛強易折、柔弱永勝，看似消失，卻在消失中成長。〈黃金說〉這一首稍有模糊，似是泚責在自我，不在他人的揄揚。〈烏來瀑布說〉說明「比較」是永無止境的，大可不必。〈老蚌說〉向老蚌生珠致敬，淚之成珠，亦是養護者的辛酸。〈尺蠖說〉人慣於責人而少能自省，如此原型，是該隨著時代而改進的了。〈蝸牛說〉為無殼族說話，連個住處都沒有，人不如蝸。〈荷說〉植物與禪境的連接。「留得殘荷聽雨聲」又不失詩意。〈海說〉「面面都是路」引領深思，而百年一夢又屬惘然。〈蚊蟲說〉為蚊蟲訴冤，反諷人類罪惡不知檢討。〈凌霄花說〉攀登正是人生調適。〈水仙花說〉守分、盡己，是為平實人生之本。〈螳螂說〉「螳臂擋車，只進不退」亦是英雄氣概。〈電桿說〉似樹而非樹，推進文明，勝過綠影婆娑。〈雪說〉狀物之詩，大有自我，絕不投降。〈方糖說〉喻意捨己為人，難能可貴。〈墓碑說〉死而未了，只是空寥。〈鴨子說〉鴨的犧牲奉獻，相對說明人的貪求自私。〈廣告說〉反諷中肯，推銷自己難免自曝其短。〈蝴蝶又說〉美好的脫胎換骨，綺麗的人生。〈白千層說〉物的慨嘆，是亦如人。〈鞋說〉一切在己，無可推辭。〈乾燥花說〉對浮而不實者的貶義。〈木魚說〉名不副實，木魚非魚，痴頑可歎。〈烏鴉說〉吹哨者的孤獨感，人總是痲木不靈的。

三、人事歸類

〈嫦娥說〉：「嫦娥應悔偷靈藥，碧海青天夜夜心」故事的新解：「由自己決定的獨身只是另一種方式的生活；由別人強加的孤寒才叫寂寞」，為天下痛苦離異者吐一口悶氣。〈刀筆吏說〉反諷刀筆吏的巧言推托。多的是不稱其位者。〈植物人說〉警意非凡，大家都誤會了，既不能生死人而肉白骨，善意其實是一種殘酷，植物人若能自擇，一定不願意痛苦地繼續存在。〈骨灰說〉新見：後人藉骨灰誌哀，何如容殘軀撒回大地大海；「樹葬」的意義在此。〈恆星說〉天體的博大，對比人類的渺小。〈時間說〉時間之無情，警覺之後的惶然。〈空間說〉現在的邊並非永恆的邊，空間無限的景仰。〈信徒說〉由於人類先天性的不全、軟弱，以至於創造出上帝來做依傍。〈死神說〉死亡既是無可避免，對他的驚懼已是多餘。卸下重擔，止於圓滿，當是衡量死亡的新角度。〈擺渡者說〉一生為人，而泯滅一己之可悲。〈旁觀者說〉「旁觀者清」，但天下事有利有弊，你何不也站進來看看？〈情男說〉人生喻意，及時勿蹉跎的重要。〈情女說〉似是《紅樓夢》中的原型：絳珠仙草為酬灌溉之恩，終身流淚以報。〈清明節說〉小杜詩：「清明時節雨紛紛，路上行人欲斷魂，借問酒家何處有?牧童遙指杏花村。」杜康之所以解憂在此。〈行走的腳說〉人生弔詭，盡頭何處？〈黑白說〉自然的啟示，重在能否力行？〈無字碑說〉李唐王朝自冠軍皇帝李世民之後，盛極而衰，繼任者一無是處。而相對卻有自公元六八四至七〇五年則天武后的豐功偉業，足使巾幗揚眉，鬚眉汗顏。〈有人使我們超脫說〉能使人超離凡俗，值得讚頌。〈夢說〉人生如夢，長眠即死，曷其可悲。〈信徒又說〉依仗信仰，無非求其放心而已。〈太平間說〉「名」的反思。「太平」其實「不平」。〈有人說〉「從頭再來過」只是一想，何能實現？

四、且待期頤共金樽

當今之世，文武全才、新舊文學兼擅者不多，而介直兄正是稀有的一位。他是特種部隊的隊長，在書法、金石、古典文學（韻文、對聯，尤其是嵌名聯）、現代詩等各方面都有出色的表現，委實是難能可貴。

我與他忝屬同年（屬馬，入此歲來，已是嵩壽），他稍大我幾月，期頤之時，已然不遠。為文至此，願他珍攝，且等到那一天，二馬同歡，共把金樽一醉。

是為序。

二〇二二、十一、五日於台北

《且聽》

——聽甚麼，怎麼聽？

曾進豐

懷著滿囊發燒的種子　我
惶急地叫喊……
——〈蟬說〉

姚鼐《古文辭類纂》把文章分為十三類，其中「書說」一類包括書和說，書指書信，說多是游士說客之言。藍星詩人曹介直（一九三〇－）詩集《且聽》百說，當然不同於古文書說類，但其表意形式，卻近於韓愈〈師說〉和柳宗元〈捕蛇者說〉。採取第一人稱敘述，如代言體之變奏，說人性、人情、人人之間，舉凡身所歷心所感，時間空間、精神物質、形上形下，天地物色自然萬象無不可說。說盡理念與現實的衝突、時代歷史的慨嘆，詠歎、批判，悲憫、感傷，造語質樸親切，疏疏朗朗；精準意象感染人意，含攝悠遠韻味。聽天地萬籟竅鳴，聽國族歷史音聲，也聽私我幽微隱曲。詩貴在婉轉傳達秘而不宣的心聲，而能旁通萬物之情，雖題為「說」，其本質還是抒情。詩人滿懷焦慮，感慨噴發，無非是情感的抒解與排遣。有寄託、象徵，亦有嘲弄與諷刺。說了「又說」六題，依序為〈螢火蟲又說〉、〈風箏又說〉、〈寶刀又說〉、〈妻又說〉、〈蝴蝶又說〉、〈信徒又說〉，顯然意有未盡。

《且聽》來自生活靜觀、生命體驗。肇端於七十九年六月三日（農曆）的〈泥馬說〉（詩人六十初度），止於一一〇年十二月八日的〈黑白說〉，前後時間跨度長達三十一年。耳順後所作，絕大部分係數行至二十多行的短詩，而以〈影子說〉三行為最；三十行以上者僅五首，包括三十八行〈演化論說〉、四十五行〈蚊蟲說〉、五十行〈蚯蚓說〉、五十九行〈植物人說〉，及九十七行〈故園瑣憶說〉。〈影子說〉作為首篇，告白中寓含「有影才　講」（閩南話）之旨——開宗明義標誌事真、物真、景真、情真……，斑斑「有影」可考，一切真實可鑑。其次，就文本內容來看，形影一體，影子負荷孤獨男子「生命的重量」，更象徵生命的溫度與厚度。〈故園瑣憶說〉壓軸，透過連章組詩形式，拳拳眷戀所生，回溯生命源頭，回到最溫暖所在，亦即「有人說／好想順著來時路／往回走／／如果可能／一定有好多人／也要　往回／走進母親子宮／重享未出世前　的／溫暖」（〈有人說〉）的具體踐履。

《且聽》百說免不了說理、說明成分，但曹介直擅長寓情於理，在知性哲思之外，猶不減詩的藝術表現。〈清明節說〉允稱佳作：

紛紛細雨
從唐朝直下到現在
這不能怪我　要怪
就怪杜牧

其實　杜牧也無可奈何
清明本來不是個爽朗
節日　雨　縱然不下
心情也會濕漉漉地

更何況　他昨天吃了一天冷飯
今天在路上　感觸又多
毋怪乎　他急於要
找酒喝

全篇有如唐詩解構。於是雨、於是濕，於是苦悶，於是興懷，於是不能怪杜牧，更不能怪他急尋杜康。〈荷說〉歌詠荷葉清淨雅潔，頌讚一花一佛座，而且，「即令衰敗／在風霜裡　仍可留下一幅／『殘荷』」。走過春夏的鮮碧與盛放，梗莖兀自挺立，種子深埋淤泥裡，醞釀著來年的「出」。荷，美在時時刻刻，美在整體內外，堪與君子比肩，儼然佛陀面目。再讀〈野風說〉：

自起於蘋末
我便注定成為浪子
只因　身在江湖
不能自已

吹皺春水　有之
拈花惹草　有之
乃有人　因我的任性
便說一春殘紅
皆我蹂躪

有的花　確曾經我輕撫而開
有的花　也因我輕搖而落
但那未撫未搖的呢？
亦未見紅過百日

要殘的終歸要殘
要落的終歸要落——
我的錯　是正當她殘落
恰巧從她身邊走過

從萍飄蓬轉的身世說起，命運使然成為浪子；二、三節鋪陳紛至沓來的誤解責難：春紅遭我蹂躪，百花因我搖落。末節極力辯駁，前兩行謂春殘花落本為自然定律，非你我意志所能逆轉；後二句幾許自責，千不該萬不該，不早不遲地走過她身邊。輾轉呼應首節的「不能自已」，蓋「有其所以與不得不」。此外，若就愛情層面解讀，「正當」與「恰巧」，何嘗不是一種幸福的緣。

說到愛情，油然想起《第五季》的愛情三部曲：〈青溪引〉、〈紅燭〉、〈雙瞳〉，由情人的相期、相望而結褵相親，比翼翔翥，唱隨諧樂。到了《且聽》乃成〈妻說〉、〈妻又說〉，及〈雞同鴨說〉、〈演化論說〉，皆設作夫妻對話，戲謔般地「嗒嘴鼓」。前二首印證了純淨的愛情世界裡，絕不許任何渣滓存在；完完全全屬於彼此，又豈能容忍對他人笑——現實如此，夢中也一樣。〈雞同鴨說〉自嘲沒能講標準「國語」，以致妻子把「冤獄」聽成「遠牛」，我強調是「牢獄」的獄，「妻恍然大悟／呵　原來是／老牛的『牛』」。離家數十年，鄉音無改呀！曲折表現欲說還休的鄉愁。〈演化論說〉在妻的虧與我的辯中緩緩展開，中間插入歡逐而過的兩條狗（括弧呈現，埋下情感轉折伏筆），感慨萬千，瞬間改變對話層次。末二節，妻提出假設性問題：「如果你把前肢放下／平均負擔」；我斬釘截鐵回答：「要放下／可沒那麼簡單」，深度的知性思維，同時呼應第二節「歲月重壓」之說。整體讀來，四詩正是「執子之手，與子偕老」的簡單日常，詼諧逗趣，滋味綿長。

〈野風說〉末節似是信手拈來，妙語天成，集中不少類此智慧之見，且多出現在詩的尾端。如〈擺渡者說〉以我確實想飛起興，卻苦於不能奮飛。末節寫道：

而我的世緣太重
只能在這渡口

接送　在別人
是很短暫的一段風景
而我的一生　卻被風景
消磨

我和別人，短暫和一生，兩兩相對；在「接送」與「消磨」之間，完成你我的生命風景。反覆咀嚼詩意，讓人聯想起卞之琳名詩〈斷章〉。

言理而生理趣，確實是曹介直詩作一大特色。早期詩句：「我遂領悟：若站在高處／就可以看到一片風景」（〈下午〉），直述「領悟」，猶不免落於言詮；《且聽》翻多悟識之喜，或篤定，或反問，或超越現實，於夢中看見：「春天為所有的花而凝佇／而所有的花　都亭亭地開著／——為我」（〈蝴蝶說〉）。又如：「推急了　擠得我站了起來／在高處翻了個花／便訇然跌下」（〈浪花說〉），擬聲詞「訇然」，狀巨大之浪花聲，使得下一節：「啊　原來整個海面都一樣／沒有一朵凝聚不散的浪花」，表驚訝、讚嘆的「啊」聲，有如灌頂醍醐，有效提升這兩行的哲理深度——「一朵浪花自海上飛起，是一朵浪花；飛回去，便是海了。」（周夢蝶語）以下再摘錄部分詩行，藉斑窺豹：

不要老待在門裡
以為一屋子的無聊都是你的
其實　只要走出去
整個外面也是你的

——〈門說〉

你的線夠長麼？
你能放手麼？

——〈風箏說〉

我說　要放下
可沒那麼簡單

——〈演化論說〉

即令蜩與學鳩
也能在榆枋間
自得其樂

——〈擺渡者說〉

還有，謂品嚐咖啡的「苦」，可以「使你無事而忙／有事而閒……」（〈咖啡說〉），亦即懂得「忙人之所閒而閒人之所忙」。若非深切體驗生活，理解生之艱難，曷臻乎此。

《且聽》中的關鍵字詞或意象語彙，主要有釣、飛、聲音等。首先，提到「釣」字的詩三首。〈蜘蛛說〉：「我雖不是直鉤而釣／但網開六面／不失為仁」，肯定蜘蛛「所求不過一飽」的仁心。〈旁觀者說〉源自《莊子．秋水篇》中的濠梁之辯，而翻進一層。濠上游人不帶釣竿，之所以耽於魚樂之辯，原因在於「而人是不能相忘的／因為人的問題太多」（同〈擺渡者說〉的「世緣太重」）。最後兩節，展現旁觀者洞見：「其實　他們並非真正關心魚的快樂或不快樂／他們只是／尋求自己的快樂／／所以他們不釣魚／也不釣自己的影子／不釣　寂寞」。戰國時代莊子、惠施之辯，聚焦在魚是否快樂？以及如何知道魚是否快樂？此詩則是冷凝靜觀，戳破了表面假象，指出游人們一點也不關心論辯的主題，因為，對他們而言，論辯本身就是目的。還有形式與內容融合的佳篇〈廣告說〉：

推銷自己最好的方法是
釣
（中略）
一個用直鉤　一個穿羊皮襖
以示和別的釣者不一樣

反正他們意不在魚　在
釣

刻意將「釣」字獨立成行，並置頂呈現，末節更僅有單字「釣」，圖像化垂釣姿態，凸顯「廣告」端以出奇、醒目，吊人胃口為勝。調笑姜子牙、嚴子陵，意在借古諷今，時下眾多網紅、藝人、搞政治的……，為博取聲量、提高知名度，牟取各種利益，莫不奇裝異服、言詞怪誕荒謬、行徑離經叛道……，如此種種和光怪陸離的「廣告」有何差別？再予深究，此作不無反諷「終南捷徑」之意。

「飛」的意象，具深層象徵意義。〈擺渡者說〉：「如果從水底往上看／我好似一隻展翅／巨鳥　不由得／想飛／／我確實想飛」，醞釀蠢動，以至於吶喊著、咆哮著。〈風箏說〉：「趁著風勢／我可以飛得／更高　更遠」；〈蝴蝶說〉：「我居然作夢／想飛／（中略）／終於　我在夢中長出了翅膀」；〈無字碑說〉：「她沒有翅膀　能飛」；〈籠鳥說〉：「你不該／／不該將籠子掛向庭院／讓我知道籠子的外邊／尚有所謂天空　我自己／尚有一對從未用過的翅膀」；〈船說〉：「掛上帆／我們便有了翅膀／／有了翅膀／就該飛揚」。現實禁錮困頓，鬱結苦悶，「飛」是夢與想像，不管有沒有翅膀，想飛就能飛，隱喻逸離、超越的內在世界。

刺激聽覺的是聲音，《且聽》明確寫聲音者如〈洪鐘說〉：「眾聲蜂起」轟轟然、洶洶然，「惟我　鏗然一杵／眾聲俱伏」、〈秋蟲說〉：「我知道　秋夜是挺敏感的／我的聲音很輕　不會將狸貓驚動／卻不知道　那麼低的調子／也會將你的寂寞叫醒」。經典代表莫若於題陳庭詩鐵雕「大律希音」的〈有人使我們超脫說〉：

阿波羅的鞭聲和輪聲
吳剛伐桂的斧聲
天琴的樂聲　以及
天河的水聲
亙古以來就演奏著交響樂
只是我們聽不到
——我們只是凡俗的人

我們聽不到
並非距離過遠　即使

在貼近的空間
載著聲音的電波劈面而來
打著影像的電波擦身而過
我們仍要乞援於機械
——我們只是凡俗的人

然而　有人卻能聽見　看見
且能具體而微　微體而巨地
將形象凸顯在我們跟前
使我們震懾　狂喜
如一蕊寒梅在冰雪中乍放
我們驟然被提升　成為
超凡脫俗的人

陳庭詩（人稱耳公）鐵雕展於一九九八年舉行，此作完成於當年。《陰符經》曰：「瞽者善聽，聾者善視；根絕一源，用師十倍。」耳公又聾又啞，周夢蝶讚之曰：「不耳而聽，如妙喜龍」（〈香讚〉）。「大律希音」為藝術極品，詩人鑑之賞之，忽忽如聞空谷音聲，飄飄乎若超凡脫俗，讚之能滌盡塵慮，悠然意遠。另外，〈木魚說〉則從其名實不相符、及被敲打之宿命產生聯想。前節的「渴、渴、渴、渴……」，為魚近水之渴求；後節的「渴、渴、渴……」，諧音「扣扣扣」的沉沉木魚聲。

《且聽》藝術表現及修辭手法，常見用典、諧音、排比、類疊、對偶、鑲嵌等。首先，自傳統經典汲取養分，如〈鏡子說〉假成詞鏡花水月，衍釋花開花謝、緣起性空，兼懷嗜酒、酒後好發議論的老友周鼎——美醜紅白僅是外顯色，扣問生命本質就是「一具空空的白」。「據事類義，援古證今」，用典要能鎔舊鑄新，達到「水中著鹽，飲之乃知鹽味」，渾然不見其痕其跡，方為高妙。此詩庶幾當之。〈白千層說〉開頭兩行：「京洛多風塵／白衣化為淄」，逕引陸機〈為顧彥先贈婦〉詩句，慨嘆塵世煩囂的奔波；〈鯉魚說〉幽默自嘲，戲稱鯉魚捨棄躍龍門，忙著送信，化用樂府〈飲馬長城窟行〉。結尾寫道：「像我這樣的志工／還有白鴿、鴻雁和／黃犬」，列舉古時代為傳書者，分別出自《山海經》、《漢書．蘇武傳》及《晉書．陸機傳》。藉此增加「信差」鯉魚的氣勢，顯然他並不孤單。還有〈嫦娥說〉、〈泥馬說〉、〈捐心者說〉、〈蚯蚓說〉、〈旁觀者說〉、〈清明節說〉、〈螳螂說〉、〈鴨子說〉、〈廣告說〉、〈情女說〉等，皆用典以成篇。

其次，擅以「諧音」一詞雙關兩意構成趣味，如〈老屋說〉自知空洞斑駁，唯當「緣」

遍全身，「我也『春』起來了」。表面上轉化了「春風又綠江南岸」，巧妙的是，春字以引號框住，使得全身綠意充滿了視覺性，又諧音「伸」字（閩南語）音義，增添老屋活化的動態感。〈太平間說〉生時不曾太平，死後才到此處，卻已不識「太平」滋味；〈蝸牛說〉謂蝸牛揹負家屋上路，雖然累贅，轉念一想，好處是走到哪，家就在哪，「不必預訂／不必付費／更不必上汽車旅館／暴露形跡」。語調輕鬆幽默，卻也暗諷時下都會男女恣意偷情，難逃嚴密的監視系統；〈黑白說〉既是黑色說、白色說，也是黑白（亂）說。「暴露形跡」、「黑白」，都是一詞雙關兩意。

再次，使用排比、類疊、偶句等修辭手法，以增加詩的節奏與情感強度。諸如〈風說〉前三節連續以「別因為……／就……」造句，兼用排比與類疊，第四節前兩行為對偶句；〈雪說〉六行，通篇使用「別因為……／就以為……」構句，工整排比，句式長短相近，如感陣陣風吹，如睹層層積雪，富有情感渲染力。也有似是排比實為鑲嵌句法，以擴增、延展詩意者，如〈老芋仔說〉，一雙鞋的踢踏，使得故鄉變成了陌生地，因「風於是　雨於是／竹於是　筍於是」，一代代走過，陌生地反而成為原鄉；〈水說〉：「上升為雲　下匯成海／窄處為溪　寬處成河／深處為淵　淺處成澤／通處為江　塞處成泉……」，嵌入「上、下、窄、寬、深、淺、通、塞」等對比字。

〈水仙花說〉一二節、〈秋蟲說〉首節、〈野風說〉二三四節皆有對偶句，〈墓碑說〉

首節為隔句對偶。〈黑白說〉前後節形式對偶，內容黑、白對比。〈泥馬說〉仿詞之「如夢令」，感慨年華早逝，人生如夢易醒，抑且寫照時代現實。保留「如夢令」七行形式及五仄韻（軸、透、疚、疚、豆），且第六行疊置「慚疚」一詞，間以空格，符合五、六句例用疊句的要求。〈螢火蟲又說〉疊用五次「一明一滅」，彷彿看到微弱閃爍的螢光；〈鴨子說〉類疊鴨子頭腳全身、裡裡外外，鋪陳各式各樣的鴨料理，令人目不暇及，抑且垂涎三尺。關於類疊修辭的運用，〈植物人說〉允為成功範例。一隻廢甕、一罈空洞、一罈漆黑，層層疊加依然是「一具空殼」。植物人是人卻開不了口，詩人悲之憫之，乃以最大的篇幅，「說」出那無法說而又不得不說的話。尤以連續說了十次「他們不知道」，如聞淒厲呼喊，哀哀控訴「善意」何其的殘酷。植物人無能自主自擇，求死不能，「大夫們便粗暴的插管　使用／呼吸器　把問題就這樣放著」，「置我於不死不活的地帶」，可是他們完全不知道，「留下問題／也留下了痛苦」。首尾重複同樣的詩句，宛如揮之不去的夢魘，無邊無際的籠罩著。

現代主義蔚為風潮的一九五〇、六〇年代間，曹介直開始於《藍星週刊》、《藍星詩頁》、《文星》、《文學雜誌》、《創世紀》等刊物發表詩作。彼時以慧星之姿崛起，既不耽溺於美，更不為反共戰鬥、形式喧囂之時代氛圍及軍人身份所囿限。鄭明娳說他是詩壇「異數」、「具有飽滿的才情與驚人的功力」；張健稱賞其詩，形象深沉多情，用典巧妙，

「非工雕琢，自有才氣」。二〇〇九年出版處女詩集《第五季》，惜未激生波瀾，數十年來，與詩壇保持若即若離、藕斷絲連的關係。選擇沉寂，甘居邊陲，堅持自我姿態，「為造物　也為自己活著／並努力開出一種／自己能夠開出的花」（〈水仙花說〉）。十三年後再推出《且聽》，與其說是重新找回與詩壇的連結，毋寧說是一種自我存在感的確立。

〈詩序〉：「情動於中，而形諸言。言之不足，故嗟嘆之。」《且聽》發於咨嗟詠歎，正是詩人垂釣寂寞，興於心靈的叫喊。本文開頭引詩〈蟬說〉，全詩分三節共十一行，彷彿「說禪」。杜意見於末節三行：

撕破了寧靜
這只是你們的片刻
卻是我們的永恆

小事／脫胎換骨，世界廣袤／薄薄翅膀，叫喊／寧靜，片刻／永恆，一一在蟬的叫喊聲中泯除界線，剎那成為永恆。

那年的某個週三晚上，於台北市長沙街「百福」（延續「明星」之約）初識周公，曹公在場。三十年後，《且聽》問世，我何其有幸，在場見證了這美麗時刻。

代序

曹介直

進豐老弟台你好：

正值時疫橫行，人心惶惶之際，結集談詩好像有些倒行逆施，但為現實所迫不得已也——我自數年前跌倒後，健康日損，望百之年雖不過數載，而未了之事，卻待完成。上次在舍下閒聊，曾談及《且聽》結集事。你慷慨表示願承煩瑣，我心竊喜，因長期交往非僅杯酒言歡，亦足見其酒後真性，嘴邊筆下罕見非分之辭。

「且聽」，「聽」些甚麼呢？聽覺包羅萬象，非個人識力所能盡。初心但以小我感觸舒懷，而至「活死人而肉白骨」，再至則「草木皆兵」了。至於運用第一人稱及移題殿後，皆為求其親切、生動，非敢破壞文體裝魔作怪也。

茲寄呈目錄兩紙，一、二校原稿各一本以備運用，歡迎賜正。兩個女兒：曹家玥、曹家珏多年來，原稿打字、校對，不勝勞煩，老爸致謝。

目次

鐵雲，作者常用之筆名。刻成於民國89年11月16日

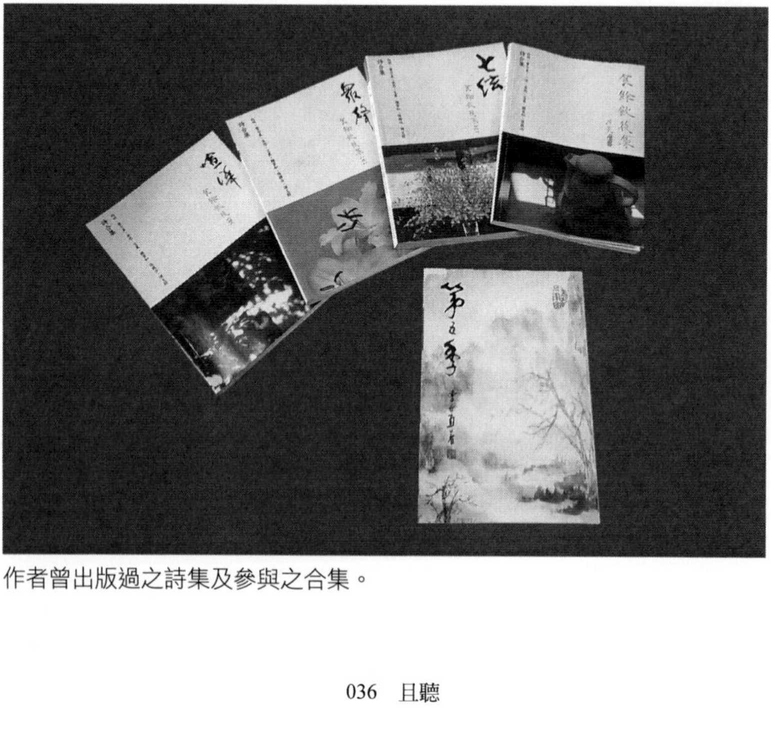

作者曾出版過之詩集及參與之合集。

01

請站進陰影裡吧
孤獨的男子
別讓我負擔你生命的重量

——影子說
93.6.3

02

趁著風勢
我可以飛得
更高　更遠

你的線夠長麼？
你能放手麼？

——風箏說
101.2.2　於碧山

03

不要來搖晃
我正在醞釀我的甜度

至於我是否成熟
豈是你這沒有手指的風
所能探測？

——果實說
93.7.11

04

我是座空洞斑駁的老屋
爬牆虎的行走
比她的四肢還快
如是　綠遍了全身

我也「春」起來了

——老屋說
93.7.12　修定

05

別責怪我不再向四周擴展
我自己也很想知道
在力所不及的黑暗中
到底隱藏了什麼

也別再說鼓勵的話了
我已經亮足我的光度

——燈泡說
93.7.19

06

別懷疑
掛滿枝頭的風鈴
為什麼風吹不響

呀！　那祇是表面的形象
現在　我正裝滿了
一壺壺的甜蜜
不是半壺　怎麼會響？

——蓮霧說
96.9.13

07

我的丈夫是個莽漢
十個日頭已被他
射落了四對半
又射殺了河伯　沉迷於　雒嬪[1]
我不能不早點警醒
遠奔月上　點亮另一盞燈

孤燈照影
詩人都以為是寂寞
我以為　由自己決定的獨身
只是另一種方式的生活
由別人強加的孤寒
才叫寂寞

嫦娥說

93.7.30　初稿

96.9.16　修定

1 雒嬪即宓妃，為河伯之妻，后羿射殺河伯而奪之。楚辭〈天問〉有云：「帝降夷羿，革孽夏民，胡射乎河伯而妻彼雒嬪？」

08

從前
我曾經來過這裡
瓜棚下有對戀人
纏綿得比瓜藤還緊
他們　還夢囈般誓言
我當時就很詫異
海怎麼會枯
石怎麼會爛

現在
他們坐過的石塊
果然未壞　卻只有
獨坐哭泣的女孩
我提著燈籠找遍瓜棚內外
終於　發現他們的誓言

遺落在沾滿露水的葉面
一如那女孩沾滿淚珠的臉

——螢火蟲說

96.7.20　於碧山

09

你們直要等到石油
漲了又漲　才猛然驚覺
我們從一開始　就知道
一明一滅
一明一滅　便節省了
一半能源

一明一滅　可以顯現來踪去向
一明一滅　也足以呼朋引類
一明一滅　更可以雕鏤夜景
挑逗童心

而且　我們發的是冷光
沒有增溫減碳的煩惱
也不妄圖和星星比亮
只要自給自足　夠用就好

因此　我非常困惑
你們為什麼要把一座城市
點得那樣輝煌
點亮了裡面　還要
點亮　外面

我們是星星之火
只提警示
但不燎原

——螢火蟲又說

97.4.25　於碧山

10

秋風啊　你終於將我吹得乾瘦
我不得不憔悴地落下

落下時　仍擺脫不了你的吹刮
你滿以為是　還托了我一把

——落葉說

97.6.17　夜

11

我知道
沒什麼時間供我猶豫了

我寧願攀著太陽的鬍子上升
粉身碎骨　留下再來的願望
也不願隨風飄落
讓觀照大千的晶瑩
入土冥滅

——露珠說

97.10.8　修定

12

「門雖設而常關」
那是陶翁「歸去來兮」之後的事
你非淵明
還是請你將門開開吧！

不要老待在門裡
以為一屋子的無聊都是你的
其實　只要走出去
整個外面也是你的

——門說
94.8.3

13

誰說
每隻蝴蝶都是一朵花的鬼魂
這只是撿現成的類比　其實
我的嬰兒期實在很醜
比醜小鴨還醜
我是一隻毛毛蟲

路不是用走的
而是用爬
像「磕長頭」的信徒想成佛
我居然做夢
想飛

有夢是最美的
而敢於做夢便已超越現實
終於　我在夢中長出了翅膀

春天為所有的花而凝佇
而所有的花　都亭亭地開著
——為我

——蝴蝶說

101.2.17　於碧山

14

天公與地母拔河
我便成了他們的繩索
他們勢均力敵
我只好　釘子般佇立

自恨一生不能自由
於是甘受刀斧凌遲
明知「君子不器」
但能為世用　猶勝
寂寞老死於山林

——樹說
98.1.21　夜於碧山

15

雖然生就一張大嘴
從不搶著發聲
由於外形厚重
毋寧更適於沉默

誰知　就在我沉默時
眾聲蜂起
麥克風的逞強
擴大器的幫腔
瓦釜當道　轟轟然
直欲將弱勢的寧靜清剿
而頑石正要驅趕
說法者　洶洶然
以互相撞擊的
喧鬧

惟我　鏗然一杵
眾聲俱伏
我的聲音是路
能導引迷途的腳步
是雪
覆世界以祥和……

誰知
就在這緊要時刻
僧去廟空
竟無人推動　這
鏗然一杵

——洪鐘說

98.1.16　於碧山

16

刀　是一把好刀
而且　是經過一磨再磨的
可惜　始終沒用過

時間的礪石　磨刀也磨人
自磨刀人去後
刀　終於銹蝕了

——老兵說
99.8.2　修正

17

先生　塘裡淹死人了
「葛芒藤絆倒了
尋地主呀！」
先生　是在我們塘裡
「我們塘？
我們塘又沒蓋子」

——刀筆吏說
98.11.14　於碧山

18

——枯樹說

99.6.15

你仍以為
一伸手便可摘到一朵花
你不知道　等待的歲月
已令我乾枯
別說你的溫存　即令眼淚
也無法　再將我滋潤

19

常常被國際稱道
中國郵政　辦得最好
我也曾參與傳遞
感覺榮耀

說起來　已經很早
那時　同伴們都忙著
跳龍門　我卻忙著
送信　我不能像
洪喬[1]那樣
沒有責任

我也有一跳的實力
卻是跳上陸地　跳進

1 晉殷羨之字洪喬，傳說曾將人託帶之信件百餘函，投入水中，曰：「沉者自沉，浮者自浮，殷洪喬不能為人作致書郵」。故後世稱書信寄失為「洪喬擲水」。

收信人的家裡　讓他有
「呼童烹鯉魚」的快樂
讓他有「中有尺素書」的
驚喜

難怪能得國際稱讚
像我這樣的志工
還有白鴿、鴻雁和
黃犬

——鯉魚說
99.8.4

20

讀了秀陶的詩
才知道
餌[1]
原來有假

其實　你用一點餌
已經是「以小博大」
誰知你如此鄙吝
竟然用假

你騙中藏騙
我死得真傻
我吞得下這餌
卻吞不下這假

——魚說
99.8.4

1 秀陶〈餌〉，見其詩集《死與美》第六十一頁。

21

我們總是手牽手
結成網　坦然地
待人行走

說「走投無路」
甚至作「窮途之哭」
卻令人詫異

退一步也是路
轉個身　路仍然在等你
更何況路是人走出來的

你若問我　是來是去
我不管來去
只管「走」

——路說
99.10.10

22

既非的盧
亦非赤兔
更難登八駿軸

我只是泥馬一匹
過得江來濕透

慚疚　慚疚
伏櫪尚希麥豆？

——泥馬說[1]
79.6.3　農曆

1　餘生庚午屬馬，六十初度，酒後寫此，原題為〈泥馬辭——花甲之感〉，蓋文本頗似詞中之「如夢令」，亦以寄人生如夢之慨也。

23

不是天羅
不是地網
更不是恢恢的
疏而不漏

在牆陰簷角
我結就一張小小的網
然後　守網待食
不像貪婪的漁人
一網又一網的
追捕

我的慾望不大
所求不過一飽
我知道　不可能也不須
吃盡天下

我雖不是直鉤而釣
但網開六面
不失為仁

凡衝網而來的
都是自投
哪能怪我？

——蜘蛛說

101.2.28　於碧山

24

儘管夜將黑
墨水似地傾瀉而下
以為太陽落後　便是它
掌控的王國

而我確乎渺小　但
我不是一塗就黑的一個錯字
也不是見色即染的素絲
在黑暗中　我卓爾不群地
悄然獨立
雖只是一點、兩點
已刺破
漆黑

在荒寒的溪邊
我無懼夜深水冷

堅持我的身影
白著一身素雪
猶若天河畔的星星——
天愈黑
星愈明。

——白鷺鷥說

101.3.30 初稿

101.4.15 修正

25

別再對著天空惆悵吧！
你喪失的不過是童年
我毀掉的　卻是
一生

——風箏又說
93.7.11

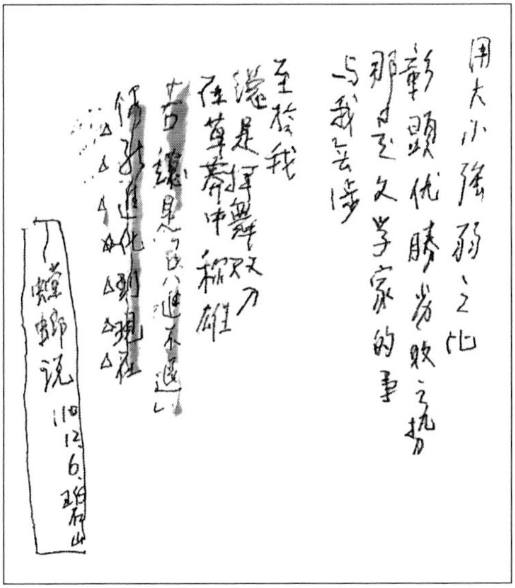

本書第74首〈螳螂說〉之原稿。

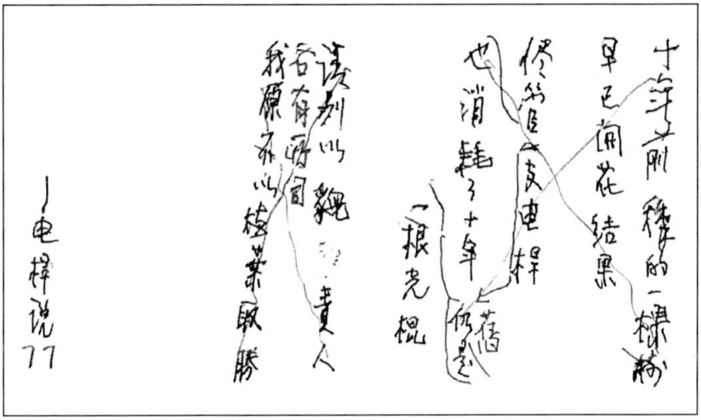

本書第75首〈電桿說〉之原稿。

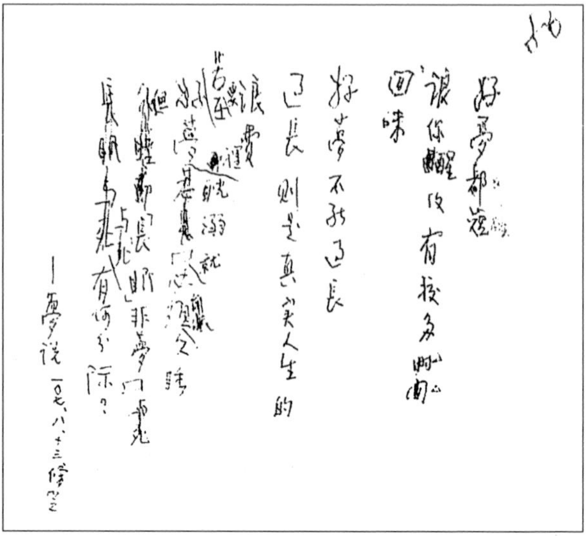

本書第87首〈夢説〉之原稿。

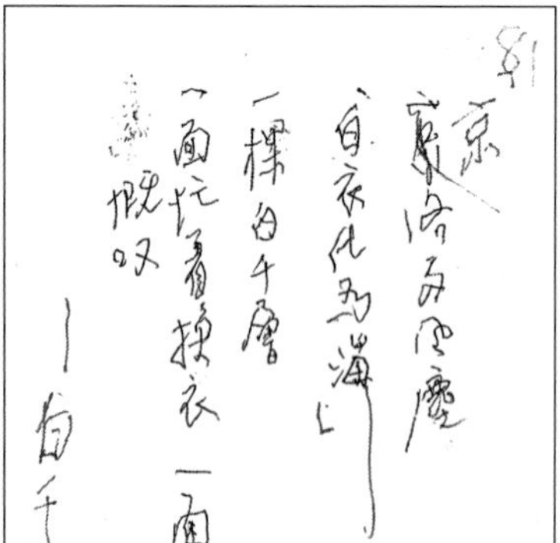

本書第88首〈白千層説〉之原稿。

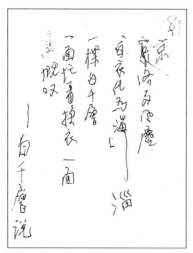

26

其實　應該感謝的
是我——
我百廢皆休　唯心
「未盡」

我將「未盡」之心
給你　縱然榫頭相合
但流出的血　到底是
「未盡」的我　或是
「已盡」的你？

「已盡」的你到底是
哪章？　連
孟老都無可
無不可地慨歎：
「莫非命也

順受其正」……

——捐心者說

105.4.7　初稿

106.6.27　修正

27

有人將陳仲子比我
說我「上食槁壤、下飲黃泉」
以彰其廉
更有人因我翻土致肥有利農耕[1]
頌我之功　等同
禹、稷——
這都是很後來很後來的事
我們初現時　地面
尚沒有人類

我們的生活　就是
打洞　碎土　掩埋
這樣循環不已的工作

1 請參讀周作人散文集《立春以前》（里仁版五十一～五十七頁）中之〈蚯蚓〉篇。及《植物的秘密生命》（台灣商務印書館版）第十四章「泥土。生命之本」第兩百三十一頁。

將地表的泥土炒熟
無異於為人類到來
做了準備
如是　人類來後
才可鼓腹而歌
才可誇說：
「帝力何有於我哉」

但　不可誇說：
「蚓力何有於我哉」——
雖然我們從不居功
可是　沒有蚯蚓為前導
土地一片冷硬
缺少發酵　成為不毛
而人　後來居上

成為地球主人
由「地盡其利」進而
「巧奪天工」　最後
更狂妄宣稱
「征服自然」
「人定勝天」
毋怪乎智者提出警告
「人類走過大地
足跡留下沙漠」[2]

你們急功近利
你們見利忘義
甚至見利忘害
嫌我們功效緩慢

[2] 見鄭天結、姚福燕主編（可道書房出版）之《大滅絕》第一百六十九頁。

大用農藥　化肥
對我們無情地施以
「大滅絕」
我們這種軟趴趴的
又醜又髒的
低級動物　死不足惜
足惜的是
經過許多年月
被我們炒熟的
地球表土　又將
變冷　變硬

——蚯蚓說

101.4.24　初稿
101.6.9　完稿

28

我非電腦　沒有資料庫
可以供人提取
美醜是你們自己的
紅顏白髮也是你們自己的

如果你看過一朵花的開謝
就別再到我的背後搜尋
緣起緣滅　我只是
「一具空空的白」[1]

——鏡子說

93.7.18　初定
95.2.19　修正

1「一具空空的白」為老友周鼎名作及詩集名。

29

雖然閒著也是閒著
伸根展葉的夢就別再做了
既然已被製作成一條船
豈是碇泊而待腐朽的麼？

雖然不能伸根展葉
桅杆　還是豎起來吧！
掛上帆
我們便有了翅膀

有了翅膀
就該飛揚
我們不相信海平線就是盡頭
我們要把它　推向更遠

——船說
96.8.5　修定
96.9.14　改寫

30

自起於蘋末
我便注定成為浪子
只因　身在江湖
不能自已

吹皺春水　有之
拈花惹草　有之
乃有人　因我的任性
便說一春殘紅
皆我蹂躪

有的花　確曾經我輕撫而開
有的花　也因我輕搖而落
但那未撫未搖的呢？
亦未見紅過百日

要殘的終歸要殘
要落的終歸要落——
我的錯　是正當她殘落
恰巧從她身邊走過

——野風說
101.4.17　初稿
101.8.18　修正

31

媽媽　他們不知道
他們的「善意」　是如何殘酷

他們以為燈泡安在燈頭上
雖然積滿了歲月的塵垢
仍舊是一盞燈　他們不知道
我的鎢絲已斷　他們不知道
燈的意義在於
「亮」

媽媽　他們不知道他們的不知道
堅持著要妳　以眼淚去灌溉
一段枯木　希望它抽芽　開花
好證實他們的善意
媽媽　他們不知道
這冰天雪地　暗無天日的

日子　是多麼難熬
我若無知　豈非如深秋枝頭的
一片枯葉　讓我及早落下
帶走我的憔悴　也帶走妳的痛苦
我若有知　又是怎樣的一種

苦楚：
我睡在長長的　長長的黑夜
自己的軀體就是一具如何掙扎
也掙扎不脫的夢魘
我死而不僵的屍體　猶如
沉重的鉛塊　壓得我
不能出聲呼救　壓得妳
血淚都乾　也壓垮了
我們家的門楣

媽媽　十年　二十年過去了
妳走後　誰再照顧我？
爸爸　哥哥　已是不堪
更何況假手外人　他們
照顧得不經心　我無能求助
照顧得仔細　我的隱私又蕩然無存
媽媽　請給我一方遮羞布呀！

三十年　四十年過去了
媽媽　科學進步醫術為何不進
腦的問題　複雜難解
大夫們便粗暴的插管　使用
呼吸器　把問題就這樣放著
媽媽　他們不知道　留下問題
也留下了痛苦　他們更不知道

縱然我奇蹟般復活　也只是
一具空殼——
同學少年都已有成　有就
最不濟的也該有兒　有女
而我　猶如棄置屋角的
一隻廢甕　擁有的只是
一罈空洞　一罈漆黑

媽媽　他們強扮司命
既不讓我死透　又不管我受活罪
我的今生已完全毀敗
卻置我於不死不活的地帶
媽媽　他們不知道
如果輪迴之說是真
豈不是又耽誤了
我的來生

媽媽　他們不知道
他們的「善意」是如何殘酷

——植物人說

101.8.18　修定

32

春　是個喧鬧的季節
屬於視覺的
夏　是個浪漫的季節
屬於肌膚的

眼看樹葉都快落光了
減少了風聲　雨聲
秋　應該是屬於聽覺的
安靜的季節

再懶　我也得叫叫　不然
待到下季　恐怕聲音在
叫出前　已被凍結　因為
冬　是一個屬於沉思的
封閉的季節

我知道　秋夜是挺敏感的
我的聲音很輕　不會將狸貓驚動
卻不知道　那麼低的調子
也會將你的寂寞叫醒

——秋蟲說

93.7.21

33

我雖是朝生暮死
也過完了我的一生
你的一生　卻到底是長是短？

百年三萬六千日
若以體積衡量
你活的時間　也不見得比我長

更何況　即令虛度
我浪費的不過一天
你浪費的卻是百年

——蜉蝣說
93.7.26

34

不論是　白駒　蒼狗
不論是　瓊樓　奇峯
我何嘗不想將生命過程中的偶然
一一停格
為匆匆消失前留點紀念

但哪能由我？
即成即壞　都是因
風

——雲說
94.7.28

35

別因為看到萬木俯首
就以為我趾高氣揚
別因為船翻　屋倒
就以為我暴虐猖狂

別因為髮絲飄動　香澤微聞
就妒忌我和仕女們耳鬢廝磨
別因為她們的裙裾掀颺
就指斥我下流輕薄

別因為看不到我的形體
就以為我沒有委屈
我看似自由　卻不能自主
下水道及溷廁的陰暗
髒臭　我也得進出

赤道以火熱的鞭子抽我
兩極以冰冷的巴掌摑我
它們合謀製造溫差　壓迫我
搓揉我　驅使我如奴隸
哪容我思考抗拒和喘息

——風說

94.10.10　初稿
95.2.19　修定

36

籠子裡有飼料　有水
當我吃飽喝足之後
在橫竿上　跳上跳下
也可以自得其樂了

你不該

不該將籠子掛向庭院
讓我知道籠子的外邊
尚有所謂天空　我自己
尚有一對從未用過的翅膀

——籠鳥說

95.9.19

37

鏞　是一種偽裝
寶刀怎麼會老
只是自我隱藏

默默地　我等待英雄發難
豈能讓張三李四隨便找著
到處亂砍

——寶刀說
93.7.30

38

鏞　算得了什麼？
如振衣千仞崗
我在礪石上抖擻抖擻
依舊奪目光芒

所以　我擔心的
不是潛淵的寂寞
而是世無英雄　歷史
到底能寫些什麼？

——寶刀又說
93.7.30　初稿
94.8.3　修定

39

我不像帆
挺著大肚皮　滿以為
船之所以能夠翻江倒海
完全是它的力量

我知道　我之所以能夠
在空中轉成一朵花
轉出一點作用
完全是因為風的緣故

我不能因為風不計較
便忝竊它的功勞
我有堅硬骨架　不能像帆
將貪鄙的嘴臉　悄悄捲起

——風車說
95.12.7　於新店

40

別想以巨石阻我
我翻身即過
更別想以斷崖毀折我的前路
使我怒而為瀑　轟然成雷

我應境而變
上升為雲　下滙成海
窄處為溪　寬處成河
深處為淵　淺處成澤
通處為江　塞處成泉……

我是攔不住的
聖如大禹　對我
也只好因勢利導

——水說
95.3.33

泥馬，「臨老習篆，眼昏手顫，老狗新戲，何時可善？」
刻成於民國89年11月19日

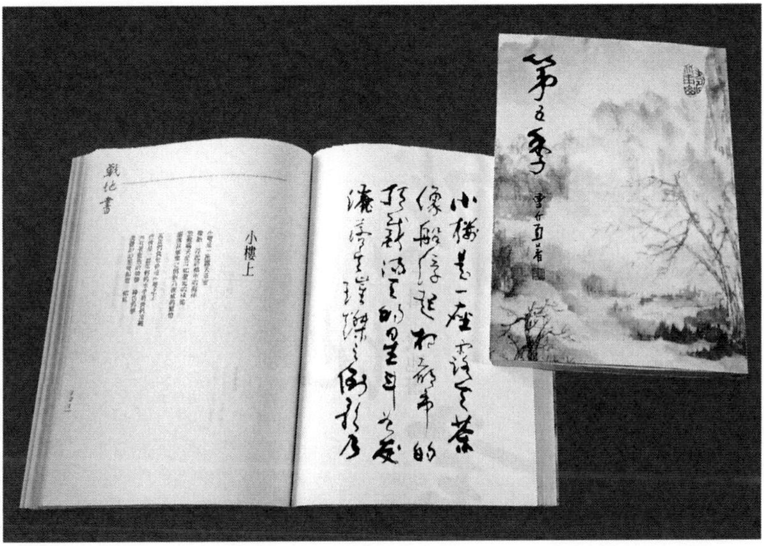

作者個人詩集，於民國98年，由爾雅出版社出版。

如願，刻成於民國89年11月23日

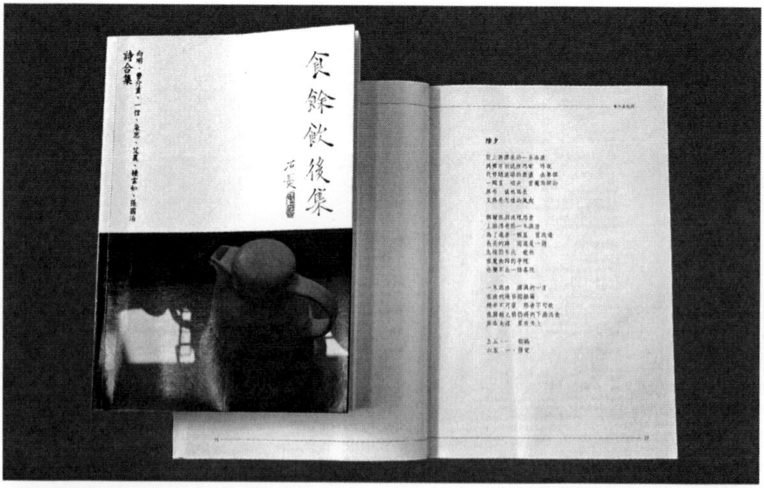

作者與另外六位作者：向明、一信、朵思、艾農、鍾雲如、張國治之詩作合集，於民國96年，由財團法人瑪莉亞社會福利基金會出版。

41

最好是將我撒向大地或大海
讓那些生機　迅速地
吸收我　消化我
幫助我消失於無形

而你們卻偏要「請君入甕」
讓骨灰罎　成為一滴圓圓的眼淚
標誌著
人世的悲哀

——骨灰說

95.5.8　午前修定

42

溪水啊！
別再在我的腮邊畫鬍子
你溫柔的手掌　早已
撫平了我滿身的稜角

我怎能像你
躍身為雲　翻身為雨
嘩嘩然奔赴向海之路……

我只是一塊沒有腳的卵石
注定了陷在這裡
時間借你的手刀　溫柔地削我
使我愈長愈瘦

愈長愈瘦
瘦成一粒砂子

在你的指縫間消失

——卵石說

95.5.10

曾收入《食餘飲後集》

43

我只想讓你們知道
美　是一種怎樣的面貌

我不能展現太久
不是怕天機洩漏
是不願　讓時光漂洗容顏
是不願　讓神奇轉為腐朽……

——曇花說
93.7.16　初定
95.7.17　修正

44

秋風　秋雨
拚命在揮灑一個「愁」字
毋怪乎視死如歸的烈士
臨刑時也說「秋風秋雨愁煞人」

烈士以鮮血清洗歷史
我則以鮮血頑抗一個季節
臨走前　我噴舉鮮血如火把
將整個灰黯的秋天燒紅

——楓葉說

94.7.26　初稿
95.7.19　重寫

45

從黑暗的地底伸出頭來
爬上高枝而為成蟲
這是你們不會注意的小事
卻是我脫胎換骨的一劫

地面上的世界這樣廣袤
不是我薄薄的翅膀所能丈量
懷著滿囊發燒的種子　我
惶急地叫喊……

撕破了寧靜
這只是你們的片刻
卻是我們的永恆

蟬說[1]

93.7.26 初稿

95.7.24 第三次重寫

1 蟬的種類甚多，一般在幼蟲時期，要待在地下數年之久，成蟲後在枝頭高聲呼侶，交配產卵的生活，不過數週而已。據說美國有一種十七年蟬，待在地下時間之長，則更令人咋舌。

46

在廣邈的太空
我猶如體積小於一公釐的
一粒沙子　而
我的鄰居　另一粒沙子
卻在六百萬公釐之外

冷喲

我只好燃燒自己的骨和肉
取暖

——恆星說[1]

94.8.3

1《讀者文摘》版的「知識小百科」，「宇宙與地球」項下「星系」中之說明：「星系中之恆星看似擁擠，其實彼此相距遙遠。假如把太陽看做一顆沙粒，同它最近的恆星的距離有六公里」。為突顯其距離之遠，特將六千公尺化為公釐。

47

我本是如如　的一團空寂
是你們用生命來丈量
我才有了長度
但　你們也不必站在無涯的岸邊
痛惜生命的短暫

雖然是　宇宙未生時我已生
宇宙壞滅時我仍在
但若不是你們以短暫的生命來點醒
我仍舊是混沌的一片

——時間說

93.7.19　修定
95.7.30　改寫

48

說空　也非全空
我裝滿了一肚子的星球
連時間　也在我的內裡奔走

哈伯說　他已經看到一二〇億光年
將來說不定又研發出一個
「哈公」或「哈祖」[1]
肯定　能測得更深　更遠

至於邊　到底是有　還是沒有
我正以每秒七百公里的速度
向四周探索

——空間說

93.7.19　初稿
95.7.30　修定

1 哈伯為美國著名之天文學家。詩中所指，則為以紀念哈伯為名，高懸地球上空軌道的哈伯太空望遠鏡。「哈公」、「哈祖」，係以「伯」字的中文含義，戲稱未來更進步的測遠儀器。每秒七百公里，乃目前所知宇宙膨脹的速度。

49

糖有甜的領域
奶精是乳香一族
不要加糖加奶精
希圖改變我的風味
我是咖啡
苦　乃是我的本質

甜讓人貪
苦教人廉
在生之境況中
苦　是少不了的一味

說良藥苦口　似乎撈過界
但　品嘗一杯熱咖啡
確乎可以調劑你的生活

使你無事而忙
有事而閒……

——咖啡說

95.8.1 夜

50

前面老堵在那兒不動
後面卻不停地推聳

推急了　擠得我站了起來
在高處翻了個花
便訇然跌下

啊　原來整個海面都一樣
沒有一朵凝聚不散的浪花

——浪花說
95.9.12

51

我小小的火
不能為你們帶來多大的溫暖
小小的光
也不能撐開一屋子的黑暗

我知道
這又冷又黑的夜是難挨的

好在我點完了還有另一根
好在　夜的魔掌
不能控制住地球
不轉

——蠟燭說
95.9.12

52

猶如黃昏
黃昏燈下　一杯淡色的
葡萄酒　無聲地
卻漸漸沁入　漸漸
蝕去你的堅持
你的硬朗

（我是老子覺悟到的
柔弱勝剛強的榜樣）

我不待播種而生
且有與生俱來的耐性
所有物體　都在
時間的成長中消失
唯獨我　卻在
時間消失中成長

——鐵鏽說

102.3.18　於碧山

53

在虔誠祈禱時
我總有問題　忍不住想問
上帝之所以造人
是不是因為寂寞？
上帝之所以要依自己的形象造人
是不是因為對自己缺乏自信？

——信徒說
95.12.21

54

啊！請不要驚懼
我黑色的覆蓋　是
仁慈的

在水裡　火裡　槍林彈雨裡
我截斷你們的恐懼
在災難病痛中　停止你們的折磨
在墜機高空　接著你們的驚駭……

我來是
為你們不幸的生命卸下重担
讓你們幸福的一生止於圓滿

——死神說
96.3.5

55

煉金者
謝謝你的辛勞和烈火
將我自礦石中解脫

不錯
是你輝煌了我的生命
但黃金　畢竟是我

——黃金說
96.5.30

56

別說尼加拉瓜
就是黃果樹和廬山
——飛流直下三千尺
也足以誇耀了

我何嘗不想那樣奔放
一瀉心頭的積鬱
無奈源頭不廣
崖腳不深……

別不滿足了吧！
若再「去」掉我
你還希望
能看到多大的場面？

——烏來瀑布說

96.5.3　初稿
96.8.4　修定

57

你最初的一滴眼淚
投向我　猶如芒刺　蒺藜
我忍著劇痛又深深珍惜
因為這是
你最初的一滴眼淚

我用生命的汁液為它調護
年年月月
我與痛楚一起成長
如今　已不再感覺刺痛
且發出閃閃珠光

還給你吧
這閃閃之珠——
你最初的一滴眼淚
卻是我今生今世的創傷

——老蚌說

95.4.19 初稿

96.8.8 修定

58

我以磕長頭的虔誠
量取每一寸走過的路
緊抓住枝條禾稈
謹防失足　而人類
仍斥我為害蟲
祇因和他們的利益
小有衝突

而人類呀……
祇慣於責人而乏自省
瘋狂地要征服自然
已將一個共同的地球
弄得千瘡百孔
還將南極的天空
弄了個大洞

我們是沒有發言權的
只是懷疑
一株青苗的生長
豈是單獨為了
餵養你們人類？

——尺蠖說
96.8.8

59

揹著房子上路
當然累贅

但　好處是
不必預訂
不必付費
更不必上汽車旅館
暴露形跡

——蝸牛說
96.9.12

60

豈止「出淤泥而不染」
一片荷塘　即是一處普陀

當我盛放
每朵花都可供
一尊佛座

即令衰敗
在風霜裡　仍可留下一幅
「殘荷」

——荷說
96.9.12

61

就為了有些明島暗礁
我特地將自己攤成一個面
面面都是路呀！

放著那麼多路你不走
卻偏偏對準了暗礁
出事了　還將我埋怨

別做聲　靜靜躺著罷
百年千年　猶如一夢
都很短

——海說
96.9.12　初稿
102.7.19　修正
102.8.7　再修正

62

如果從水底往上看
我好似一隻展翅
巨鳥　不由得
想飛

我確實想飛
鷹鷲般逍遙高空
也許太過妄想
即令蜩與學鳩
也能在榆枋間
自得其樂

而我的世緣太重
只能在這渡口
接送　在別人
是很短暫的一段風景

而我的一生　卻被風景
消磨

——擺渡者說
103.9.29　於碧山

63

你們既然讓我滋生
我就應該有生存的權利
我若有生存的權利
你們就不應該恣意虐殺

原始的烟包火[1]已嫌不夠
殺蟲劑愈翻愈新
勢必將我們滅絕
不知道我們到底
有甚麼罪？

我們不是臭蟲　躲在縫隙
伺機而動　也不是蝨子

---

1 鄉俗，夏季以稻草或麻皮紮成長形草把，稱烟包。用時稍澆水其上，使悶燒出烟以驅蚊。先師汪仲實先生有〈蚊〉詩曰：「一到夕陽嗡若雷，先生四體似紅梅；除牠只仗烟包火，宵小原來不易摧」。

藏身毛髮　以你們身體為窩
我們光明磊落　邊飛邊唱而來
只暫借你們為驛站
繼續生的旅程
詩人且以我為比
說出相同境遇——
白鳥營營夜苦飢
不堪薰燎出窗扉
小蟲與我同憂患
口腹驅來敢倦飛[2]
我有甚麼罪？

你們責怪我是傳染之媒
瘧疾　卻源於人類

[2] 所引絕句為宋范成大詩（見河洛版《范石湖集》六十七頁），白鳥為蚊之別名。

我不埋怨你們汙染糧源
卻反怪我傳染

你們又指斥蚊蟲吸血　說
「這一代的血哪有你的份」[3]
結果是送上戰場
鮮紅的　一淌又一淌
造成驚人浪費
你們怪誰

而我們只求一飽
滿腹　也不過半滴
而所犯不過盜竊罪
且多半是盜竊未遂　即被

---

3 所引一行，為余早年〈蚊〉詩中句。

你們巨掌擊斃
我們竟然是不經審判的
唯一死罪

我們只是卑微蟲類
而人類欲加之罪　反抗無力
而令我困惑不解的是
既然讓我們滋生
卻不讓我們有
生存的權利

——蚊蟲說
102.8.1　於碧山
103.11.19　修正

64

陽春三月
有人坐在岸邊
垂釣自己的影子
春天　最容易使人
寂寞

今夜　天高月沉
釣絲的長度有限
連自己的影子都釣不著
更何況意外的
魚

魚只集中在濠上
濠上游人是
不帶釣竿的
他們　只耽於辯論

所以魚才能出遊從容
才能相忘於江湖

而人是不能相忘的
因為人的問題太多
所以他們只好辯論身外的
魚　辯論魚的快樂
或不快樂

其實　他們並非真正關心魚的快樂或不快樂
他們只是
尋求自己的快樂

所以他們不釣魚
也不釣自己的影子
不釣　寂寞

旁觀者說

101.5.9　初稿
102.3.3　修正
103.9.27　再修

65

對不起　請借過
我不是寄生　陰謀篡奪
也不是一般藤蔓　纏死纏活

我有根有柢　只是初生柔弱
借重你　扶扶手
踏踏腳

我不和同類爭勝
也不屑在地面橫行
我滿懷熱忱　慢慢攀登

不畏前途艱困
一心要答謝風和太陽　將美
提升

——凌霄花說
102.7.29　於五峰山上

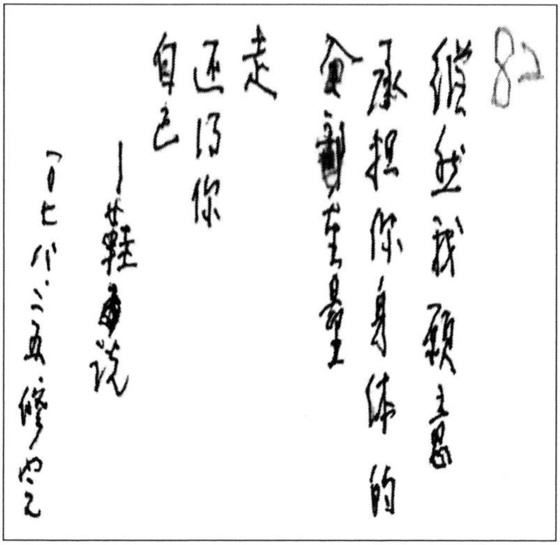

本書第89首〈鞋說〉之原稿。

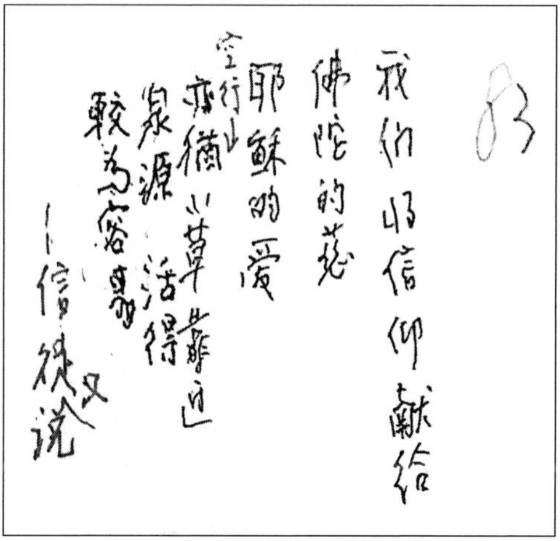

本書第90首〈信徒又說〉之原稿。

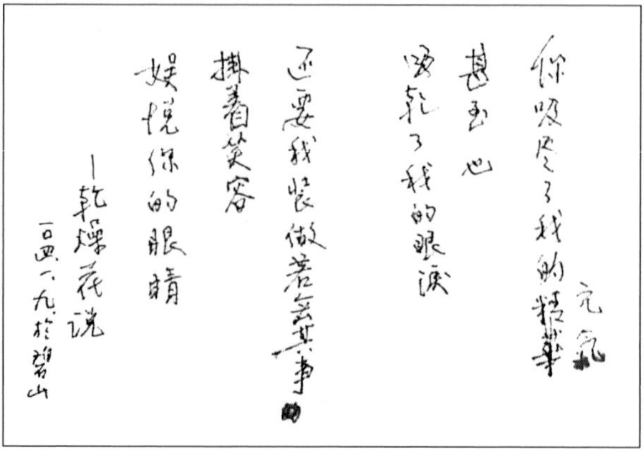

你吸盡了我的精華（元氣）
甚至也
吸乾了我的眼淚
還要我裝做若無其事的
掛著笑容
娛悅你的眼睛
—乾燥花說
一四、一、九、於碧山

本書第91首〈乾燥花説〉之原稿。

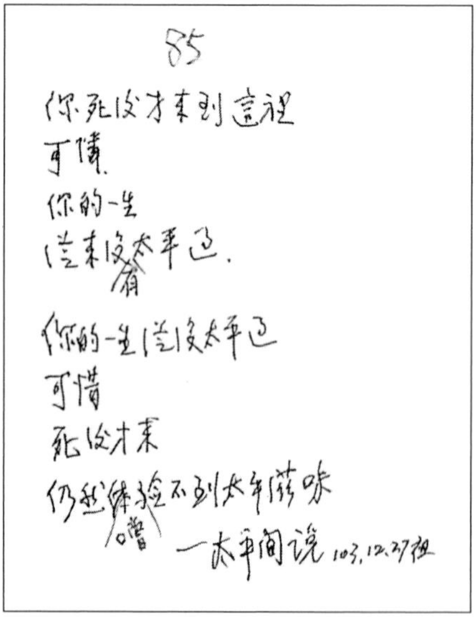

85
你死後才來到這裡
可憐
你的一生
從未沒（有）太平過
你的一生從沒太平過
可惜
死後才來
仍然體（嚐）驗不到太平滋味
—太平間說 103.12.27

本書第92首〈太平間説〉之原稿。

66

故鄉
雖然在內心增加重量
卻壓不住一雙鞋的踢踏
遂成了陌生地

而陌生地　因
風於是　雨於是
竹於是　筍於是
反而變成了
原鄉

——老芋仔說

101.8.18　初稿
102.7.30　修正

67

不是迷途
不是失憶
家在哪裡明明知道

不知道的是
一雙腿　將走往
何處

——流浪者說
102.3.6　初稿
102.7.30　修正

68

前生的門已經上鎖　而來生
來生是陌生地　尚不知下落
就在當下我們相憐相愛吧！
切莫把今生錯過

——情男說
102.4.2　於碧山

69

別怪我喜歡流淚
是前世受了你太多的灌溉
今生既為了還債而來
怎麼敢　再向來生負債

——情女說

102.4.2　於碧山

70

起床　起床
別吵啦
我還在做夢

誰叫你
把我
撇在夢外

——妻說
102.7.18　於碧山

71

昨夜
你又說夢話了　還笑
你笑什麼　笑

你怎麼連夢也要管？

我怎麼能不管
誰知道你
對誰笑

——妻又說

102.7.18　於碧山

72

我知道　生活是艱難的
長安米貴　我只須一瓢清水
台北土貴　我只要一捧細石
生活的現實　不容許
自我陶醉在童話裡

我知道　自己纖弱
沒有玫瑰之嬌艷
不足以顯示愛情
沒有蓮花之香潔
不足以供承佛座

我無法以色爭寵　以香供養
只能堅守本分
為造物　也為自己活著
並努力開出一種

自己能夠開出的花

——水仙花說

104.11.7　上午

105.9.29　修正

73

紛紛細雨
從唐朝直下到現在
這不能怪我　要怪
就怪杜牧

其實　杜牧也無可奈何
清明本來不是個爽朗
節日　雨　縱然不下
心情也會濕漉漉地

更何況　他昨天吃了一天冷飯
今天在路上　感觸又多
毋怪乎　他急於要
找酒喝

——清明節說
106.5.7　初稿
106.7.21　修正

74

用大小強弱之比
彰顯優勝劣敗之勢
那是文學家的事
與我無涉

至於我
總是揮舞鋼刀
在草莽中
稱雄

若總是「以臂當車」
何足邀觀者一顧？
若無「只進不退」之精忠
何來勇者之「歸附」？[1]

螳螂說

110.12.6　於碧山

《韓詩外傳卷八》：「齊莊公出獵，有一蟲舉足將搏其輪。問其御曰：『此何蟲也？』對曰：『此所謂螳螂者也。其為蟲也，知進而不知退，不量力而輕就敵。』莊公曰：『此為人必為天下勇士矣。』於是回車避之，而天下勇士歸之。」

75

十年前種的一棵樹
早已開花結果
儘管我也消費了十年
卻仍舊是
一根光棍

請別以外貌相責
我原非以枝葉取勝
我輸送的是電
是推進文明的
力量

——電桿說

107.8.25　修定

76

「行走的腳
有謊言的盡頭」
聽起來　像真理

問題是
「行走的腳」要多久
才能到達
「盡頭」

——行走的腳說
103.6.16　初稿
110.12.7　修定

77

別因為我掩蓋了髒污
就以為我虛偽
別因為我凍殺生靈
就以為我殘酷
別因為見了一片白
就以為我豎起了白旗

——雪說

97.6.17　於碧山
110.12.7　修正

78

黑
黑夜讓你謙虛
讓你知道
耀眼的宇宙
不只一個太陽
還有滿天的
星

白
白晝讓你勤奮
讓你知道
在大千世界中
無我地　奉獻
光亮

——黑白說
110.12.7　於碧山
110.12.8　修正

79

我是一顆赤裸方糖
在大杯苦水中溶化

我溶化我自己
只為你增添一絲甜意

——方糖說
104.6.26　於台大醫院

80

我坦蕩地敞在這裡
你們猜吧
她要說的是甚麼
她不說的是甚麼

我沉穩地立在這裡
你們想吧
你們是相信歷史
還是相信傳說

女人不敢做的她做了
甚至
男人不敢做的她也做了
她沒有翅膀　能飛
她不用一兵一卒
卻開創了一個朝代

一個史無前例
獨一無二的朝代
而當她玩得興盡
像扔掉一件髒衣般
將天下扔還姓李

這樣一個不一樣的人
豈在乎世俗褒貶
所以她只留下一片空白
似乎也是一種昭告
隨你們怎麼寫吧

「老娘不怕！」

——無字碑說

103.2.14　初稿
103.2.21　改寫

墨緣，刻成於民國69年12月14日

作者與另外六位作者：向明、朵思、艾農、鍾雲如、張國治、須文蔚之詩作合集，於民國98年，由財團法人瑪莉亞社會福利基金會出版。

心想事成，刻成於民國89年11月20日

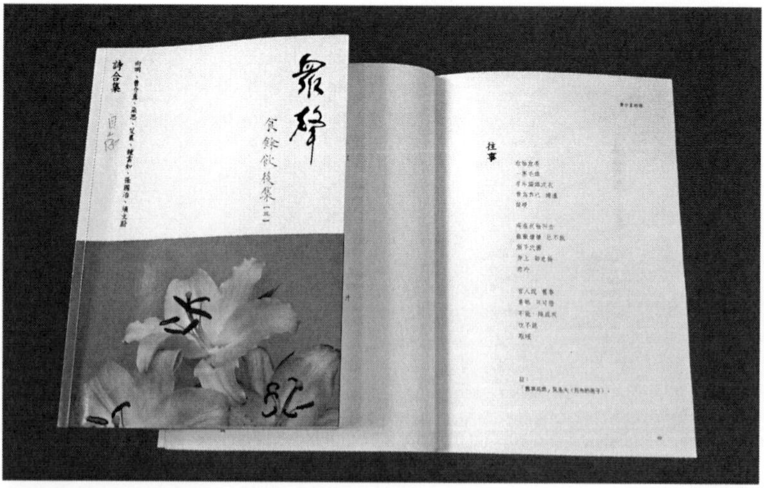

作者與另外六位作者：向明、朵思、艾農、鍾雲如、張國治、須文蔚之詩作合集，於民國100年，由財團法人瑪莉亞社會福利基金會出版。

81

上午　太陽將我的影子
推向西方
下午　太陽又將我的影子
拉回東邊

時間是個惡作劇的頑童
它撥弄了死者一生　現在
還這樣不停地搖晃我
無非是要讓死者
「死」而未「了」

——墓碑說

103.2.14　初稿
103.2.21　三改

82

別以為我
「只會鴨鴨鴨叫自己的名字」
便以為我
是楊朱之流

鴨頭　鴨腳　鴨翅膀
可以讓你回想起初戀滋味
若要看菜單隨便一點
便是一大桌

你看：
醬鴨　滷鴨　醉鴨　烤鴨
香酥鴨　脆皮鴨　糖醋鴨
鹽水鴨　八寶鴨　四喜鴨
水晶鴨　樟茶鴨　以至
南陽鴨賞　南京板鴨

點不勝點

哪道菜　不是
拔全毛　送全命
以利眾口　若說
「拔一毛可以利天下」
不知道孟老夫子
對我的貢獻
又怎麼說

——鴨子說

106.7.21

83

推銷自己最好的方法是
釣
君不見姜子牙乎？

又不見
他的徒孫嚴子陵
更是藍近乎青

一個用直鈎　一個穿羊皮襖
以示和別的釣者不一樣
反正他們意不在魚　在
釣

——廣告說
103.9.29　於碧山

84

當我還是一條毛毛蟲
便做著蹁躚花叢的夢
為了實現這種渴望
我不惜脫胎換骨
歷劫還魂

現在　我終於站在一朵花上
但是花呀　我不能長駐久戀
這是春天　還有別的
別的花兒正在
喧嚷

——蝴蝶又說

95.9.21　初稿
97.10.8　再修正

85

阿波羅的鞭聲和輪聲
吳剛伐桂的斧聲
天琴的樂聲　以及
天河的水聲
亙古以來就演奏著交響樂
只是我們聽不到
——我們只是凡俗的人

我們聽不到
並非距離過遠　即使
在貼近的空間
載著聲音的電波劈面而來
打著影像的電波擦身而過
我們仍要乞援於機械
——我們只是凡俗的人

然而　有人卻能聽見　看見
且能具體而微　微體而巨地
將形象凸顯在我們跟前
使我們震懾　狂喜
如一蕊寒梅在冰雪中乍放
我們驟然被提升　成為
超凡脫俗的人

——有人使我們超脫說

題陳庭詩鐵雕「大律希音」

86

我一口乾掉杯中
酒　讓酒精在血管裡
喚醒　當年的
「怒潮澎湃」……

——同學會乾杯說

87

好夢易醒
讓你醒後有較多時間
回味

好夢不能過長
過長則是真實人生的
浪費

若要在好夢裡耽溺　就必須久睡
但「長眠」非夢　與「死」
有何分際？

——夢說
107.8.13　修完

88

京洛多風塵
白衣化為淄
一棵白千層
一面忙著換衣　一面
嘅嘆

——白千層說

107.8.13　修完

89

縱然我願意
承擔你身體的
重量

走
還得你
自己

——鞋說

107.8.25　修完

90

我們將信仰獻給
佛陀的慈
耶穌的愛

亦猶小草靠近
泉源　活得
較為容易

——信徒又說

91

你吸盡了我的元氣
甚至　也
吸乾了我的眼淚

還要我裝作若無其事
掛著笑容
娛悅你的眼睛

——乾燥花說

104.1.9　於碧山

92

你死後才來到這裡
可憐
你的一生
從來沒有太平過

你的一生從沒太平過
可惜
死後才來
仍然　嚐不到太平滋味

——太平間說

103.12.27　夜

93

既然被命名為魚
卻又不讓我終身近水
想著相忘相失的江湖
我渴、渴、渴……

既想敲開自己的痴頑
棒棒卻敲在別人頭上
想著成仙成佛難期　你也
渴、渴、渴……

——木魚說

107.8.3　初草
107.8.17　四修

94

有人說
好想順著來時路
往回走

如果可能
一定有好多人
也要　往回
走進母親子宮
重享未出世前　的
溫暖

——有人說
108.9.29　重寫

95

雖然災禍是你們自己的
我仍然忍不住
大聲警告

你們對隱隱雷聲總是不聽不聞
直到大雨淋頭　還罵我們
「烏鴉嘴」

——烏鴉說

103.9.29　初稿
108.4.10　修正
108.9.29　重寫

96

沒出生在北京
我的母語不流行
又沒生就鸚鵡之舌
國語學習　永遠
沒畢業

看了報紙頭條
不免憤慨　我說
「A」　了那麼多錢
還高喊「冤獄」

妻詫異地問
甚麼是「遠牛」？
我說不是「遠牛」
是牢獄的「獄」

妻恍然大悟
呵　原來是
老牛的「牛」

——雞同鴨說
97.10.3　於新店

97

妻在坡上等
看我氣喘咻咻地
慢慢走來　她說
怎麼那麼慢
虧你還是軍人
還幹過特種部隊

我說
陸官畢業時二十四歲
體重五十三
於今七十八歲
體重七十五
我是揹了個大沙包
再加上五十多年的歲月
這些重量沒把我壓垮
妳反說風涼話

（這時有兩條狗　從
我們身邊歡逐而過
我不禁感觸）

我說　唉
凡事有利必有害
毋怪人類學家要說
「用後肢行走
代價是很高的
這種行動模式
不算是優良的設計」[1]
你看　那些狗跑起來
多麼輕鬆　愉快

[1] 引文見人類學家埃立克（Paul Ralph Ehrlich）所著《人類的演化》一一七頁。又，同書一一五頁有謂：「之後在肯亞及衣索匹亞又發現更古老的南猿化石，使得兩足運動的發生年代，向前推展至四百四十萬年前」。

妻忽然瞪大了眼睛說
真的耶
如果你把前肢放下
平均負擔
還不到三十八公斤

我說　要放下
可沒那麼簡單
何況　我也不能
將四百四十萬年的
演化之功　毀於
「一旦」

——演化論說

97.10.14　於新店

98

一個寂靜的深夜
我將猶在外面摸黑的
另一個我　招回對坐
請他耐心地　讀一本書般
一頁頁地　將我檢視

呀！　原來我只是一個初樣
竟然有那麼多　顛倒　錯落
但校對是徒勞　徒增煩悶
我　恨自己不是一本書
可以改後　重印

——無題說
99.10.9　上午

99

這是個比東晉
更不平靜的年代
荒蕪的田園那麼多
如果大家都以
「不折腰」為由
國家的官
誰幹？

看來
東晉還滿自由
陶先生說走就走
若是現在
我們鐵定讀不到那篇
妙文——
《歸去來辭》

——緬思說

102.6.29　初稿

107.8.25　修完

100

一、引子

聽到嫂子來電話
便驚覺大事不好
果然　哥哥走了
「嗚」乎哀哉

二、回鄉

五歲　我從鎮上搬回鄉
一位堂哥挑担籮筐
一頭坐著妹妹　一頭坐著我

回鄉要翻過一座山
走到山頂歇腳
堂哥撿根小樹枝　叫我們撐住

「撐筋石」的隙縫　說是
這樣　下山時腿會更有勁
他　又指著遠處的一片紅土說
那就是我們的家——
我看到了　被綠色包圍的
那片紅土　好像
一朵花

三、溯源

我們這一支的始祖
原住在長江邊
西塞山下的道士洑
發跡後　看厭了滔滔濁浪
便相中了這片原野
撐傘般　一口氣造成一個村落

——分五房　用火磚
蓋了四十八間

村子的地勢　像張太師椅
西向　承受了太陽的全部熱力
而椅背突起處便是後山
後山是惟一的清涼
不知道是因風　還是因水
七代過去了　不但沒出過
一個舉人或秀才　就連
識字的也沒幾個
我們是真正的
「純務農」

四、後頭磁

後山　我們不叫後山
我們叫「後頭磁」
後頭磁是一片寸草不生的
紅色砂石
夏天中午　太陽烤得
像燒紅的鍋　因此
沒有螞蟻

左邊坡　是稀稀落落的
高大松林　風來時松濤盈耳
右邊坡　是廣闊的金湖
風從湖面來　不僅
帶來涼爽　也因此

沒有蚊蟲

所以　村裡的男丁
過完端午　便扛著竹床到
後頭磡露宿　直到接近中秋
儘管秋露沾襟　仍
不願回房
——二三十張竹床　將
後頭磡攤成夜市
雖然沒有甚麼買賣
但　有的是
清風明月

月亮升起時
先剪下遠岸父子山
巍峨的山影　然後

緩步踏著湖面的魚鱗細浪而來
一浪一閃灼　摺扇般展開
便成為銀光大道
更在騷人墨客吟韻中成為八景之一的
「金湖湛月」

五、善太叔

四房的善太叔　在村子裡
算得上多才多藝　他會
打鑼鼓　唱花鼓戲　還會
講古——聽講古是我最大樂趣
可說開啟了我偏愛文學的
遠因　但
善太叔識字畢竟有限
照書唸都錯誤難免

反正聽眾不懂
懂得的　也不便拆穿

有次講《唐傳》
講到瓦崗寨的羅成
用一招「回馬槍」
將敵將挑落馬下
作者還長嘆了一聲——
「嗚呼哀哉」！

「嗚呼哀哉」
是祭文常用語
用以增添祭奠的悲情和哀感
善太叔緊跟著掉起書袋
但　書袋裡掉出來的　竟然是
「嗚」乎哀哉

這就成為我們兄弟倆之間的
笑柄　在上下學途中
相互調侃：
你不如何如何　我便教你
「嗚」乎哀哉……

六、哀餘

哥哥
一路上沒有頑皮的
弟弟　和你騷擾
是否寂寞？

——故園瑣憶說

107.8.21　於新店
108.4.11　修正

後記：回鄉時，哥哥仍留在鎮上阿姨家，繼續讀小學，直到日本鬼子要來了才回鄉。

家在江南，刻成於民國69年12月6日

作者與另外六位作者：向明、朵思、艾農、鍾雲如、張國治、須文蔚之詩作合集，於民國102年，由財團法人瑪莉亞社會福利基金會出版。

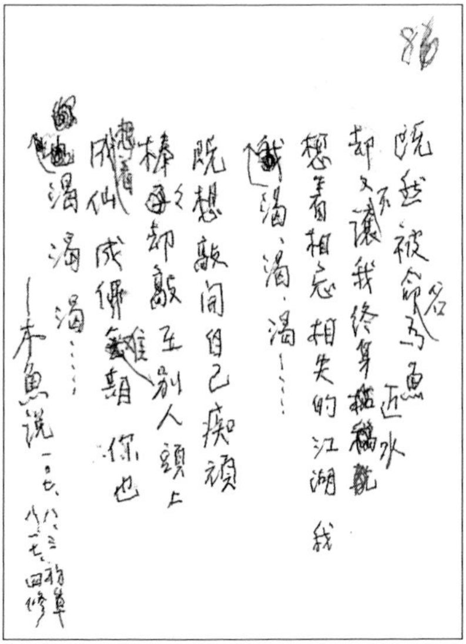

本書第93首〈木魚說〉之原稿。

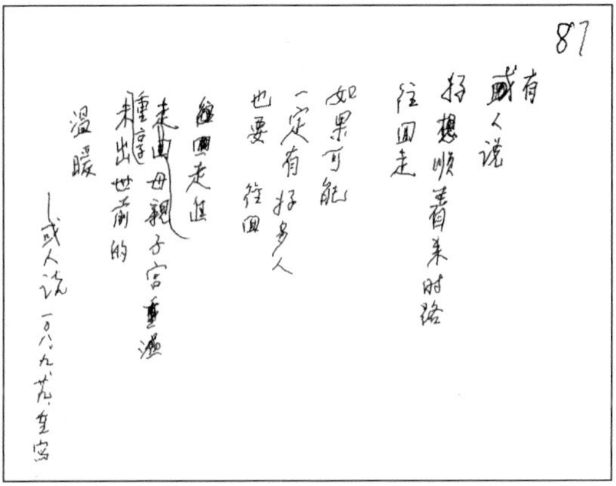

本書第94首〈有人說〉之原稿。

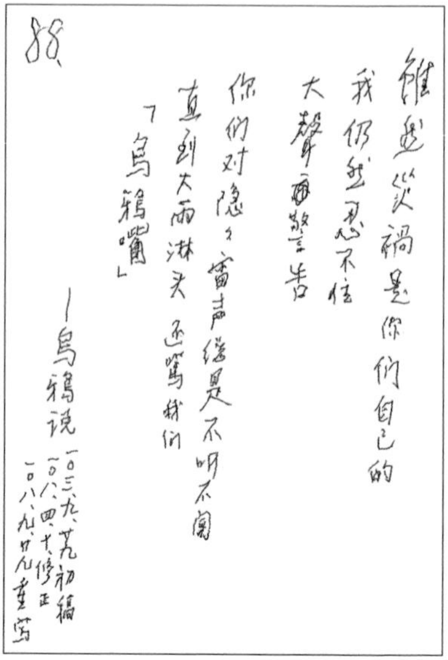
88、

雖然災禍是你們自己的
我們卻忍不住
大聲的警告
你們對隱隱雷聲總是不明不聞
直到大雨淋頭還罵我們
「烏鴉嘴」

——烏鴉說 一〇三.九.廿九初稿 一〇八.四.廿六修正 一〇八.九.廿九重寫

本書第95首〈烏鴉說〉之原稿。

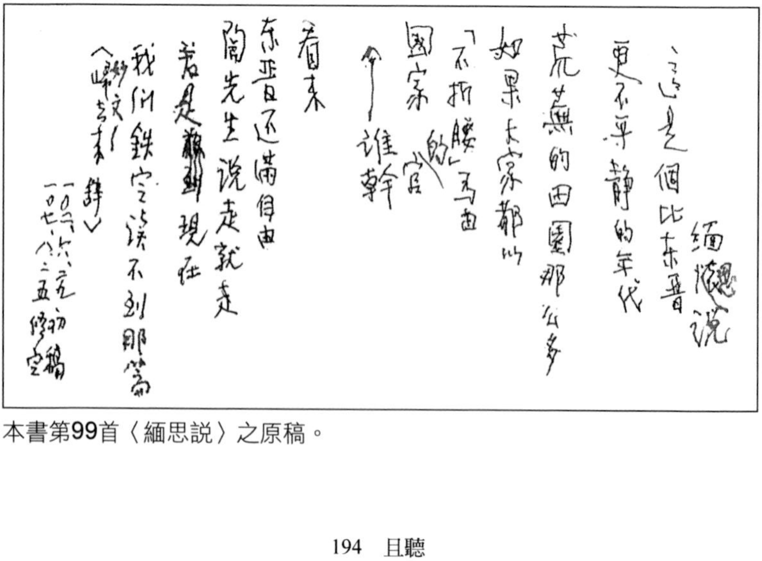
緬思說

這是個比東晉
更不平靜的年代
荒蕪的田園那麼多
如果大家都以
「不折腰」為由
國家的官
今誰幹
看來
東晉還滿自由
陶先生說走就走
若是擱到現在
我們鐵定談不到那篇
〈歸去來辭〉

一〇三.六.二五初稿 一〇七.八.二五修定

本書第99首〈緬思說〉之原稿。

語言文學類　PG2891　秀詩人110

且聽

作　　者／曹介直
打字編校／曹家玨、曹家玥
責任編輯／洪聖翔
圖文排版／黃莉珊
封面設計／吳咏潔

發 行 人／宋政坤
法律顧問／毛國樑　律師
出版發行／秀威資訊科技股份有限公司
114台北市內湖區瑞光路76巷65號1樓
電話：+886-2-2796-3638　傳真：+886-2-2796-1377
http://www.showwe.com.tw
劃撥帳號／19563868　戶名：秀威資訊科技股份有限公司
讀者服務信箱：service@showwe.com.tw
展售門市／國家書店（松江門市）
104台北市中山區松江路209號1樓
電話：+886-2-2518-0207　傳真：+886-2-2518-0778
網路訂購／秀威網路書店：https://store.showwe.tw
國家網路書店：https://www.govbooks.com.tw

2023年3月　BOD一版
定價：300元

國家圖書館出版品預行編目

且聽 / 曹介直著. -- 一版. -- 臺北市 : 秀威資
訊科技股份有限公司, 2023.03
面； 公分. -- (語言文學類) (秀詩人 ;
110)
BOD版
ISBN 978-626-7187-46-3 (平裝)

863.51 111020542